Ernst Theodor Amadeus Hoffmann, geboren am 24. Januar 1776 in Königsberg, ist am 25. Juni 1822 in Berlin gestorben.

Im sechsten Abschnitt von E. T. A. Hoffmanns Erzählsammlung »Die Serapions-Brüder« (it 631) liest Theodor in der Serapionsrunde seine Erzählung *Spielerglück* vor, die ihm, wie es heißt, durch »Tradition zugekommen«.

Vom Inhalt und von der Form her handelt es sich um eine klassische Novelle. Die sogenannte Binnenerzählung ist in eine Rahmenerzählung eingekleidet, in der einleitend Ort und Zeit angegeben sind.

Über Baron Siegfried, »jung, unabhängig, reich, von edler Gestalt und anmutigem Wesen«, schien bei allem, was er begann, ein Glücksstern zu walten. Unversehens fand er sich mit jugendlicher Unbefangenheit im Begriff, ein leidenschaftlicher Spieler zu werden. Die Begegnung mit einem eigenartigen Fremden und dessen Bericht über das tragische Schicksal zweier Spieler, des Signor Vertua aus Genua und des Chevalier Menars aus Paris, führen dem Baron einprägsam vor Augen, welchem Abgrund er sich nähert, wenn er weiterhin den Verlockungen des täuschenden Spielerglücks nachgibt.

Monika Wurmdobler hat für die vorliegende Ausgabe die Illustrationen angefertigt.

insel taschenbuch 1221
E. T. A. Hoffmann
Spielerglück

E.T.A. Hoffmann
Spielerglück

Mit farbigen Illustrationen
von Monika Wurmdobler
Insel Verlag

insel taschenbuch 1221
Erste Auflage 1989
© Insel Verlag Frankfurt am Main 1989
Alle Rechte vorbehalten
Vertrieb durch den Suhrkamp Taschenbuch Verlag
Umschlag nach Entwürfen von Willy Fleckhaus
Satz: LibroSatz, Kriftel
Druck: Nomos Verlagsgesellschaft, Baden-Baden
Printed in Germany

1 2 3 4 5 6 – 94 93 92 91 90 89

Spielerglück

Mehr als jemals war im Sommer 18 . . Pyrmont besucht. Von Tage zu Tage mehrte sich der Zufluß vornehmer reicher Fremden und machte den Wetteifer der Spekulanten jeder Art rege. So kam es denn auch, daß die Unternehmer der Farobank dafür sorgten, ihr gleißendes Gold in größern Massen aufzuhäufen als sonst, damit die Lockspeise sich bewähre auch bei dem edelsten Wilde, das sie, gute geübte Jäger, anzukörnen gedachten.

Wer weiß es nicht, daß, zumal zur Badezeit an Badeörtern, wo jeder, aus seinem gewöhnlichen Verhältnis getreten, sich mit Vorbedacht hingibt freier Muße, sinnzerstreuendem Vergnügen, der anziehende Zauber des Spiels unwiderstehlich wird. Man sieht Personen, die sonst keine Karte anrühren, an der Bank als die eifrigsten Spieler, und überdem will es auch, wenigstens in der vornehmeren Welt, der gute Ton, daß man jeden Abend bei der Bank sich einfinde und einiges Geld verspiele.

Von diesem unwiderstehlichen Zauber, von dieser Regel des guten Tons schien allein ein junger deutscher Baron – wir wollen ihn Siegfried nennen – keine Notiz zu nehmen. Eilte alles an den Spieltisch, wurde ihm jedes Mittel, jede Aussicht sich geistreich zu unterhalten, wie er es liebte, abgeschnitten, so zog er es vor,

9

entweder auf einsamen Spaziergängen sich dem Spiel seiner Fantasie zu überlassen, oder auf dem Zimmer dieses, jenes Buch zur Hand zu nehmen, ja wohl sich selbst im Dichten – Schriftstellen zu versuchen.

Siegfried war jung, unabhängig, reich, von edler Gestalt, anmutigem Wesen, und so konnte es nicht fehlen, daß man ihn hochschätzte, liebte, daß sein Glück bei den Weibern entschieden war. Aber auch in allem, was er nur beginnen, unternehmen mochte, schien ein besonderer Glücksstern über ihn zu walten. Man sprach von allerlei abenteuerlichen Liebeshändeln, die sich ihm aufgedrungen und die, so verderblich sie allem Anschein nach jedem andern gewesen sein würden, sich auf unglaubliche Weise leicht und glücklich auflösten. Vorzüglich pflegten aber die alten Herrn aus des Barons Bekanntschaft, wurde von ihm, von seinem Glück gesprochen, eine Geschichte von einer Uhr zu erwähnen, die sich in seinen ersten Jünglingsjahren zugetragen. Es begab sich nämlich, daß Siegfried, als er noch unter Vormundschaft stand, auf einer Reise ganz unerwartet in solch dringende Geldnot geriet, daß er, um nur weiter fortzukommen, seine goldne mit Brillanten reichbesetzte Uhr verkaufen mußte. Er war darauf gefaßt, die kostbare Uhr um geringes Geld zu verschleudern; da es sich aber traf, daß in demselben Hotel, wo er eingekehrt, gerade ein junger Fürst solch ein Kleinod suchte, so erhielt er mehr, als der eigentliche Wert betrug. Über ein Jahr war vergangen, Siegfried schon sein eigner Herr worden, als er an einem andern Ort in den öffentlichen Blättern las, daß eine Uhr ausgespielt werden solle. Er nahm ein Los, das eine Kleinigkeit kostete und – gewann die goldne mit Brillanten besetzte Uhr, die er verkauft. Nicht lange darauf vertauschte er diese Uhr gegen einen kostbaren Ring. Er kam bei dem Fürsten von G. auf kurze Zeit in Dienste und dieser schickte ihm bei seiner Entlassung als ein Andenken seines Wohlwollens – dieselbe goldne mit Brillanten besetzte Uhr mit reicher Kette!

Von dieser Geschichte kam man denn auf Siegfrieds Eigensinn, durchaus keine Karte anrühren zu wollen, wozu er bei seinem entschiedenen Glück um so mehr Anlaß habe, und war bald darüber einig, daß der Baron bei seinen übrigen glänzenden Eigenschaften ein Knikker sei, viel zu ängstlich, viel zu engherzig, um sich auch nur dem geringsten Verlust auszusetzen. Darauf, daß das Betragen des Barons jedem Verdacht des Geizes ganz entschieden widersprach, wurde nicht geachtet und wie es denn nun zu geschehen pflegt, daß die mehrsten recht darauf erpicht sind, dem Ruhm irgendeines hochbegabten Mannes ein bedenkliches Aber hinzufügen zu können und dies Aber irgendwo aufzufinden wissen, sollte es auch in ihrer eignen Einbildung ruhen, so war man mit jener Deutung von Siegfrieds Widerwillen gegen das Spiel gar höchlich zufrieden.

Siegfried erfuhr sehr bald, was man von ihm behauptete, und da er, hochherzig und liberal wie er war, nichts mehr haßte, verabscheute, als Knickerei, so beschloß er, um die Verleumder zu schlagen, sosehr ihn auch das Spiel anekeln mochte, sich mit ein paar hundert Louisdor und auch wohl mehr loszukaufen von dem schlimmen Verdacht. – Er fand sich bei der Bank ein mit dem festen Vorsatz, die bedeutende Summe, die er eingesteckt, zu verlieren; aber auch im Spiel wurde ihm das Glück, das ihm in allem, was er unternahm, zur Seite stand, nicht untreu. Jede Karte, die er wählte, gewann. Die kabbalistischen Berechnungen alter geübter Spieler scheiterten an dem Spiel des Barons. Er mochte die Karten wechseln, er mochte dieselbe fortsetzen, gleichviel, immer war sein der Gewinn. Der Baron gab das seltene Schauspiel eines Ponteurs, der darüber außer sich geraten will, weil die Karten ihm zuschlagen, und so nahe die Erklärung dieses Benehmens lag, schaute man sich doch an mit bedenklichen Gesichtern und gab nicht undeutlich zu verstehen, der Baron könne, von dem Hange zum Sonderbaren fortgerissen, zuletzt in einigen Wahnsinn verfallen, denn wahnsinnig müßte doch der Spieler sein, der sich über sein Glück entsetze.

Eben der Umstand, daß er eine bedeutende Summe gewonnen, nötigte den Baron fortzuspielen und so, da aller Wahrscheinlichkeit gemäß dem bedeutenden Gewinn ein noch bedeutenderer Verlust folgen mußte, das durchzusetzen, was er sich vorgenommen. Aber keinesweges traf das ein, was man vermuten konnte, denn sich ganz gleich blieb das entschiedene Glück des Barons.

Ohne daß er es selbst bemerkte, regte sich in dem Innern des Barons die Lust an dem Farospiel, das in seiner Einfachheit das verhängnisvollste ist, mehr und mehr auf.

Er war nicht mehr unzufrieden mit seinem Glück, das Spiel fesselte seine Aufmerksamkeit und hielt ihn fest ganze Nächte hindurch, so daß er, da nicht der Gewinn, sondern recht eigentlich das Spiel ihn anzog, notgedrungen an den besondern Zauber, von dem sonst seine Freunde gesprochen und den er durchaus nicht statuieren wollen, glauben mußte.

Als er in einer Nacht, da der Bankier gerade eine Taille geendet, die Augen aufschlug, gewahrte er einen ältlichen Mann, der sich ihm gegenüber hingestellt hatte und den wehmütig ernsten Blick fest und unverwandt auf ihn richtete. Und jedesmal, wenn der Baron während des Spiels aufschaute, traf sein Blick das düstre Auge des Fremden, so daß er sich eines drückenden unheimlichen Gefühls nicht erwehren konnte. Erst als das Spiel beendet, verließ der Fremde den Saal. In der folgenden Nacht stand er wieder dem Baron gegenüber und starrte ihn an unverwandt mit düstren gespenstischen Augen. Noch hielt der Baron an sich; als aber in der dritten Nacht der Fremde sich wieder eingefunden und zehrendes Feuer im Auge den Baron anstarrte, fuhr dieser los: »Mein Herr, ich muß

Sie bitten, sich einen andern Platz zu wählen. Sie genieren mein Spiel.«

Der Fremde verbeugte sich schmerzlich lächelnd und
verließ, ohne ein Wort zu sagen, den Spieltisch und den
Saal.

Und in der folgenden Nacht stand doch der Fremde
wieder dem Baron gegenüber, mit dem düster glühenden Blick ihn durchbohrend.

Da fuhr noch zorniger als in der vorigen Nacht der
Baron auf: »Mein Herr, wenn es Ihnen Spaß macht,
mich anzugaffen, so bitte ich eine andere Zeit und
einen andern Ort dazu zu wählen, in diesem Augenblick aber sich –«

Eine Bewegung mit der Hand nach der Türe diente
statt des harten Worts, das der Baron eben ausstoßen
wollte.

Und wie in der vorigen Nacht, mit demselben
schmerzlichen Lächeln sich leicht verbeugend, verließ
der Fremde den Saal.

Vom Spiel, vom Wein, den er genossen, ja selbst von
dem Auftritt mit dem Fremden aufgeregt, konnte Siegfried nicht schlafen. Der Morgen dämmerte schon herauf, als die ganze Gestalt des Fremden vor seine Augen
trat. Er erblickte das bedeutende scharf gezeichnete
gramverstörte Gesicht, die tiefliegenden düstern Augen, die ihn anstarrten, er bemerkte, wie trotz der
ärmlichen Kleidung der edle Anstand den Mann von
feiner Erziehung verriet. – Und nun die Art, wie der

Fremde mit schmerzhafter Resignation die harten Worte aufnahm und sich, das bitterste Gefühl mit Gewalt niederkämpfend, aus dem Saal entfernte! – »Nein«, rief Siegfried, »ich tat ihm Unrecht – schweres Unrecht! – Liegt es denn in meinem Wesen, wie ein roher Bursche in gemeiner Unart aufzubrausen, Menschen zu beleidigen ohne den mindesten Anlaß?« – Der Baron kam dahin, sich zu überzeugen, daß der Mann ihn so angestarrt habe in dem erdrückendsten Gefühl des schneidenden Kontrastes, daß in dem Augenblick, als er vielleicht mit der bittersten Not kämpfte, er, der Baron, im übermütigen Spiel Gold über Gold aufgehäuft. Er beschloß, gleich den andern Morgen den Fremden aufzusuchen und die Sache auszugleichen.

Der Zufall fügte es, daß gerade die erste Person, der der Baron in der Allee lustwandelnd begegnete, eben der Fremde war.

Der Baron redete ihn an, entschuldigte eindringlich sein Benehmen in der gestrigen Nacht und schloß damit, den Fremden in aller Form um Verzeihung zu bitten. Der Fremde meinte, er habe gar nichts zu verzeihen, da man dem im eifrigen Spiel begriffenen Spieler vieles zugute halten müsse, überdem er aber allein sich auch dadurch, daß er hartnäckig auf dem Platze geblieben, wo er den Baron genieren müssen, die harten Worte zugezogen.

Der Baron ging weiter, er sprach davon, daß es oft im Leben augenblickliche Verlegenheiten gäbe, die den

Mann von Bildung auf das empfindlichste nieder-
drückten, und gab nicht undeutlich zu verstehen, daß
er bereit sei, das Geld, das er gewonnen oder auch noch
mehr, herzugeben, wenn dadurch vielleicht dem Fremden geholfen werden könnte.

»Mein Herr«, erwiderte der Fremde, »Sie halten
mich für bedürftig, das bin ich gerade nicht, denn mehr
arm als reich habe ich doch so viel als meine einfache
Weise zu leben fordert. Zudem werden Sie selbst erach-
ten, daß ich, glauben Sie mich beleidigt zu haben und
wollen es durch ein gut Stück Geld abmachen, dies
unmöglich als ein Mann von Ehre würde annehmen
können, wäre ich auch nicht Kavalier.«

»Ich glaube«, erwiderte der Baron betreten, »ich
glaube Sie zu verstehen, und bin bereit, Ihnen Genug-
tuung zu geben, wie Sie es verlangen.«

»O Himmel«, fuhr der Fremde fort, »o Himmel, wie
ungleich würde der Zweikampf zwischen uns beiden
sein! Ich bin überzeugt, daß sie ebenso wie ich den
Zweikampf nicht für eine kindische Raserei halten und
keinesweges glauben, daß ein paar Tropfen Blut, viel-
leich dem geritzten Finger entquollen, die befleckte
Ehre rein waschen können. Es gibt mancherlei Fälle,
die es zweien Menschen unmöglich machen können,
auf dieser Erde nebeneinander zu existieren, und lebe
der eine am Kaukasus und der andere an der Tiber, es
gibt keine Trennung, solange der Gedanke die Existenz
des Gehaßten erreicht. Hier wird der Zweikampf, wel-

cher darüber entscheidet, wer dem andern den Platz auf dieser Erde räumen soll, notwendig. – Zwischen uns beiden würde, wie ich eben gesagt, der Zweikampf ungleich sein, da mein Leben keinesweges so hoch zu stellen als das Ihrige. Stoße ich Sie nieder, so töte ich eine ganze Welt der schönsten Hoffnungen, bleibe ich, so haben Sie ein kümmerliches von den bittersten qual-vollsten Erinnerungen verstörtes Dasein geendet! – Doch die Hauptsache bleibt, daß ich mich durchaus nicht für beleidigt halte. – Sie hießen mich gehen und ich ging!«

Die letzten Worte sprach der Fremde mit einem Ton, der die innere Kränkung verriet. Grund genug für den Baron, nochmals sich unverzüglich damit zu entschuldigen, daß, selbst wisse er nicht warum, ihm der Blick des Fremden bis ins Innerste gedrungen sei, daß er ihn zuletzt gar nicht habe ertragen können.

»Möchte«, sprach der Fremde, »möchte doch mein Blick in Ihrem Innersten, drang er wirklich hinein, den Gedanken an die bedrohliche Gefahr aufgeregt haben, in der Sie schweben. Mit frohem Mute, mit jugendli-cher Unbefangenheit stehen Sie am Rande des Abgrundes, ein einziger Stoß und Sie stürzen rettungslos hinab. – Mit einem Wort – Sie sind im Begriff, ein leiden-schaftlicher Spieler zu werden und sich zu verderben.«

Der Baron versicherte, daß der Fremde sich ganz und gar irre. Er erzählte umständlich, wie er an den Spiel-tisch geraten und behauptete, daß ihm der eigentliche

Spielsinn ganz abgehe, daß er gerade den Verlust von ein paar hundert Louisdor wünsche, und wenn er dies erreicht, aufhören werde zu pontieren. Bis jetzt habe er aber das entschiedenste Glück gehabt.

»Ach«, rief der Fremde, »ach eben dieses Glück ist die entsetzlichste hämischste Verlockung der feindlichen Macht! – eben dieses Glück, womit Sie spielen, Baron! die ganze Art, wie Sie zum Spiel gekommen sind, ja selbst Ihr ganzes Wesen beim Spiel, welches nur zu deutlich verrät, wie immer mehr und mehr Ihr Interesse daran steigt – alles – alles erinnert mich nur zu lebhaft an das entsetzliche Schicksal eines Unglücklichen, welcher, Ihnen in vieler Hinsicht ähnlich, ebenso begann als Sie. Deshalb geschah es, daß ich mein Auge nicht verwenden konnte von Ihnen, daß ich mich kaum zurückzuhalten vermochte, mit Worten das zu sagen, was mein Blick Sie erraten lassen sollte! – ›O sieh doch nur die Dämonen ihre Krallenfäuste ausstrecken, dich hinabzureißen in den Orkus!‹ – So hätt ich rufen mögen. – Ich wünschte Ihre Bekanntschaft zu machen, das ist mir wenigstens gelungen. – Erfahren Sie die Geschichte jenes Unglücklichen, dessen ich erwähnte, vielleicht überzeugen Sie sich dann, daß es kein leeres Hirngespinst ist, wenn ich Sie in der dringendsten Gefahr erblicke und Sie warne.«

Beide, der Fremde und der Baron, nahmen Platz auf einer einsam stehenden Bank, dann begann der Fremde in folgender Art.

»Dieselben glänzenden Eigenschaften, die Sie, Herr Baron! auszeichnen, erwarben dem Chevalier Menars die Achtung und Bewunderung der Männer, machten ihn zum Liebling der Weiber. Nur, was den Reichtum betrifft, hatte das Glück ihn nicht so begünstigt wie Sie. Er war beinahe dürftig und nur durch die geregeltste Lebensart wurde es ihm möglich, mit dem Anstande zu erscheinen, wie es seine Stellung als Abkömmling einer bedeutenden Familie erforderte. Schon deshalb, da ihm der kleinste Verlust empfindlich sein, seine ganze Lebensweise verstören mußte, durfte er sich auf kein Spiel einlassen, zudem fehlte es ihm auch an allem Sinn dafür, und er brachte daher, wenn er das Spiel vermied, kein Opfer. Sonst gelang ihm alles, was er unternahm, auf besondere Weise, so daß das Glück des Chevalier Menars zum Sprüchwort wurde.

Wider seine Gewohnheit hatte er sich in einer Nacht überreden lassen, ein Spielhaus zu besuchen. Die Freunde, die mit ihm gegangen, waren bald ins Spiel verwickelt.

Ohne Teilnahme, in ganz andere Gedanken vertieft, schritt der Chevalier bald den Saal auf und ab, starrte bald hin auf den Spieltisch, wo dem Bankier von allen Seiten Gold über Gold zuströmte. Da gewahrte plötzlich ein alter Obrister den Chevalier und rief laut: ›Alle Teufel! Da ist der Chevalier Menars unter uns und sein Glück, und wir können nichts gewinnen, da er sich weder für den Bankier noch für die Ponteurs erklärt hat, aber das soll nicht länger so bleiben, er soll gleich für mich pontieren!‹

Der Chevalier mochte sich mit seiner Ungeschicklichkeit, mit seinem Mangel an jeder Erfahrung, entschuldigen wie er wollte, der Obrist ließ nicht nach, der Chevalier mußte heran an den Spieltisch.

Gerade wie Ihnen, Herr Baron, ging es dem Chevalier, jede Karte schlug ihm zu, so daß er bald eine bedeutende Summe für den Obristen gewonnen hatte, der sich gar nicht genug über den herrlichen Einfall freuen konnte, daß er das bewährte Glück des Chevalier Menars in Anspruch genommen.

Auf den Chevalier selbst machte sein Glück, das alle übrigen in Erstaunen setzte, nicht den mindesten Eindruck; ja er wußte selbst nicht wie es geschah, daß sein Widerwillen gegen das Spiel sich noch vermehrte, so daß er am andern Morgen, als er die Folgen der mit Anstrengung durchwachten Nacht in der geistigen und körperlichen Erschlaffung fühlte, sich auf das ernstlichste vornahm, unter keiner Bedingung jemals wieder ein Spielhaus zu besuchen.

Noch bestärkt wurde dieser Vorsatz durch das Betragen des alten Obristen, der, sowie er nur eine Karte in die Hand nahm, das entschiedenste Unglück hatte, und dies Unglück nun in seltsamer Betörtheit dem Chevalier auf den Hals schob. Auf zudringliche Weise verlangte er, der Chevalier solle für ihn pontieren oder ihm, wenn er spiele, wenigstens zur Seite stehen, um

durch seine Gegenwart den bösen Dämon, der ihm die Karten in die Hand schob, die niemals trafen, wegzubannen. – Man weiß, daß nirgends mehr abgeschmackter Aberglaube herrscht als unter den Spielern. – Nur mit dem größten Ernst, ja mit der Erklärung, daß er sich lieber mit ihm schlagen als für ihn spielen wollte, konnte sich der Chevalier den Obristen, der eben kein Freund von Duellen war, vom Leibe halten. – Der Chevalier verwünschte seine Nachgiebigkeit gegen den alten Toren.

Übrigens konnt es nicht fehlen, daß die Geschichte von dem wunderbar glücklichen Spiel des Chevaliers von Mund zu Mund lief, und daß noch allerlei rätselhafte geheimnisvolle Umstände hinzugedichtet wurden, die den Chevalier als einen Mann, der mit den höheren Mächten im Bunde, darstellten. Daß aber der Chevalier seines Glücks unerachtet keine Karte berührte, mußte den höchsten Begriff von der Festigkeit seines Charakters geben, und die Achtung, in der er stand, noch um vieles vermehren.

Ein Jahr mochte vergangen sein, als der Chevalier durch das unerwartete Ausbleiben der kleinen Summe, von der er seinen Lebensunterhalt bestritt, in die drückendste peinlichste Verlegenheit gesetzt wurde. Er war genötigt, sich seinem treuesten Freunde zu entdecken, der ohne Anstand ihm mit dem, was er bedurfte, aushalf, zugleich ihn aber den ärgsten Sonderling schalt, den es wohl jemals gegeben.

›Das Schicksal‹, sprach er, ›gibt uns Winke, auf welchem Wege wir unser Heil suchen sollen und finden, nur in unsrer Indolenz liegt es, wenn wir diese Winke nicht beachten, nicht verstehen. Dir hat die höhere Macht, die über uns gebietet, sehr deutlich ins Ohr geraunt: ›Willst du Geld und Gut erwerben, so geh hin und spiele, sonst bleibst du arm, dürftig, abhängig immerdar.‹

Nun erst trat der Gedanke, wie wunderbar das Glück ihn an der Farobank begünstigt hatte, lebendig vor seine Seele und träumend und wachend sah er Karten, hörte er das eintönige – *gagne* – *perd* des Bankiers, das Klirren der Goldstücke!

›Es ist wahr‹, sprach er zu sich selbst, ›eine einzige Nacht, wie jene, reißt mich aus der Not, überhebt mich der drückenden Verlegenheit, meinen Freunden beschwerlich zu fallen; es ist Pflicht, dem Winke des Schicksals zu folgen.‹

Eben der Freund, der ihm zum Spiel geraten, begleitete ihn ins Spielhaus, gab ihm, damit er sorglos das Spiel beginnen könne, noch zwanzig Louisdor.

Hatte der Chevalier damals, als er für den alten Obristen pontierte, glänzend gespielt, so war dies jetzt doppelt der Fall. Blindlings, ohne Wahl zog er die Karten, die er setzte, aber nicht er, die unsichtbare Hand der höhern Macht, die mit dem Zufall vertraut oder vielmehr das selbst ist, was wir Zufall nennen, schien sein Spiel zu ordnen. Als das Spiel geendet, hatte er tausend Louisdor gewonnen.

In einer Art von Betäubung erwachte er am andern Morgen. Die gewonnenen Goldstücke lagen aufgeschüttet neben ihm auf dem Tische. Er glaubte im ersten Moment zu träumen, er rieb sich die Augen, er erfaßte den Tisch, rückte ihn näher heran. Als er sich nun aber besann, was geschehen, als er in den Goldstücken wühlte, als er sie wohlgefällig zählte und wieder durchzählte, da ging zum erstenmal wie ein verderblicher Gifthauch die Lust an dem schnöden Mammon durch sein ganzes Wesen, da war es geschehen um die Reinheit der Gesinnung, die er so lange bewahrt!

Er konnte kaum die Nacht erwarten, um an den Spieltisch zu kommen. Sein Glück blieb sich gleich, so daß er in wenigen Wochen, während welcher er beinahe jede Nacht gespielt, eine bedeutende Summe gewonnen hatte.

Es gibt zweierlei Arten von Spieler. Manchen gewährt, ohne Rücksicht auf Gewinn, das Spiel selbst als Spiel eine unbeschreibliche geheimnisvolle Lust. Die sonderbaren Verkettungen des Zufalls wechseln in dem seltsamsten Spiel, das Regiment der höhern Macht tritt klarer hervor, und eben dieses ist es, was unsern Geist anregt, die Fittiche zu rühren und zu versuchen, ob er sich nicht hineinschwingen kann in das dunkle Reich, in die verhängnisvolle Werkstatt jener Macht, um ihre Arbeiten zu belauschen. – Ich habe einen Mann gekannt, der tage-, nächtelang einsam in seinem Zimmer Bank machte und gegen sich selbst pontierte, der war

meines Bedünkens ein echter Spieler. – Andere haben nur den Gewinst vor Augen und betrachten das Spiel als ein Mittel, sich schnell zu bereichern. Zu dieser Klasse schlug sich der Chevalier und bewährte dadurch den Satz, daß der eigentliche tiefere Spielsinn in der individuellen Natur liegen, angeboren sein muß.

Eben daher war ihm der Kreis, in dem sich der Ponteur bewegt, bald zu enge. Mit der sehr beträchtlichen Summe, die er sich erspielt, etablierte er eine Bank, und auch hier begünstigte ihn das Glück dergestalt, daß in kurzer Zeit seine Bank die reichste war in ganz Paris. Wie es in der Natur der Sache liegt, strömten ihm, dem reichsten, glücklichsten Bankier, auch die mehrsten Spieler zu.

Das wilde wüste Leben des Spielers vertilgte bald alle die geistigen und körperlichen Vorzüge, die dem Chevalier sonst Liebe und Achtung erworben hatten. Er hörte auf ein treuer Freund, ein unbefangener heitrer Gesellschafter, ein ritterlich galanter Verehrer der Damen zu sein. Erloschen war sein Sinn für Wissenschaft und Kunst, dahin all sein Streben, in tüchtiger Erkenntnis vorzuschreiten. Auf seinem todbleichen Gesicht, in seinen düstern, dunkles Feuer sprühenden Augen lag der volle Ausdruck der verderblichsten Leidenschaft, die ihn umstrickt hielt. – Nicht Spielsucht, nein, der gehässigste Geldgeiz war es, den der Satan selbst in seinem Innern entzündet! – Mit einem Wort, es war der vollendetste Bankier, wie es nur einen geben kann!

In einer Nacht war dem Chevalier, ohne daß er gerade bedeutenden Verlust erlitten, doch das Glück weniger günstig gewesen als sonst. Da trat ein kleiner, alter, dürrer Mann, dürftig gekleidet, von beinahe garstigem Ansehen an den Spieltisch, nahm mit zitternder Hand eine Karte und besetzte sie mit einem Goldstück. Mehrere von den Spielern blickten den Alten an mit tiefem Erstaunen, behandelten ihn aber dann mit auffallender Verachtung, ohne daß der Alte auch nur eine Miene verzog, viel weniger mit einem Wort sich darüber beschwerte.

Der Alte verlor – verlor einen Satz nach dem andern, aber je höher sein Verlust stieg, desto mehr freuten sich die andern Spieler. Ja, als der Alte, der seine Sätze immerfort doublierte, einmal fünfhundert Louisdor auf eine Karte gesetzt und diese in demselben Augenblick umschlug, rief einer laut lachend: ›Glück zu, Signor Vertua, Glück zu, verliert den Mut nicht, setzt immerhin weiter fort, Ihr seht mir so aus, als würdet Ihr doch noch am Ende die Bank sprengen durch ungeheuern Gewinst!‹

Der Alte warf einen Basiliskenblick auf den Spötter und rannte schnell von dannen, aber nur um in einer halben Stunde wiederzukehren, die Taschen mit Gold gefüllt. In der letzten Taille mußte indessen der Alte aufhören, da er wiederum alles Gold verspielt, das er zur Stelle gebracht.

Dem Chevalier, der, aller Verruchtheit seines Treibens unerachtet, doch auf einen gewissen Anstand hielt, der bei seiner Bank beobachtet werden mußte, hatte der Hohn, die Verachtung, womit man den Alten behandelt, im höchsten Grade mißfallen. Grund genug nach beendetem Spiel, als der Alte sich entfernt hatte, darüber jenen Spötter sowie ein paar andere Spieler, deren verächtliches Betragen gegen den Alten am mehrsten aufgefallen und die vom Chevalier dazu aufgefordert, noch dageblieben, sehr ernstlich zur Rede zu stellen.

›Ei‹, rief der eine, ›Ihr kennt den alten Francesco Vertua nicht, Chevalier! sonst würdet Ihr Euch über uns und unser Betragen gar nicht beklagen, es vielmehr ganz und gar gutheißen. Erfahrt, daß dieser Vertua, Neapolitaner von Geburt, seit funfzehn Jahren in Paris, der niedrigste, schmutzigste, bösartigste Geizhals und Wucherer ist, den es geben mag. Jedes menschliche Gefühl ist ihm fremd, er könnte seinen eignen Bruder im Todeskrampf sich zu seinen Füßen krümmen sehen und vergebens würd es bleiben, ihm, wenn auch dadurch der Bruder gerettet werden könnte, auch nur einen einzigen Louisdor entlocken zu wollen. Die Flüche und Verwünschungen einer Menge Menschen, ja ganzer Familien, die durch seine satanischen Spekulationen ins tiefste Verderben gestürzt wurden, lasten schwer auf ihm. Er ist bitter gehaßt von allen, die ihn kennen, jeder wünscht, daß die Rache für alles Böse, das er tat, ihn erfassen und sein schuldbeflecktes Leben enden möge. Gespielt hat er, wenigstens solange er in Paris ist niemals und Ihr dürft Euch nach alledem über das tiefe Erstaunen gar nicht verwundern, in das wir gerieten, als der alte Geizhals an den Spieltisch trat. Ebenso mußten wir uns wohl über seinen bedeutenden Verlust freuen, denn arg, ganz arg würde es doch gewesen sein, wenn das Glück den Bösewicht begünstigt hätte. Es ist nur zu gewiß, daß der Reichtum Eurer Bank, Chevalier! den alten Toren verblendet hat. Er gedachte *Euch* zu rupfen und verlor selbst die Federn. Unbegreiflich bleibt es mir aber doch, wie Vertua, dem eigentlichen Charakter des Geizhalses entgegen, sich entschließen konnte zu solch hohem Spiel. Nun! er wird wohl nicht wiederkommen, wir sind ihn los!‹

Diese Vermutung traf jedoch keinesweges ein, denn schon in der folgenden Nacht stand Vertua wiederum an der Bank des Chevaliers, und setzte und verlor viel bedeutender als gestern. Dabei blieb er ruhig, ja er lächelte zuweilen mit einer bittern Ironie, als wisse er im voraus, wie bald sich alles ganz anders begeben würde. Aber wie eine Lawine wuchs schneller und schneller in jeder der folgenden Nächte der Verlust des Alten, so daß man zuletzt nachrechnen wollte, er habe an dreißigtausend Louisdor zur Bank bezahlt. Da kam er einst, als schon längst das Spiel begonnen, totenbleich mit verstörtem Blick in den Saal und stellte sich fern von dem Spieltisch hin, das Auge starr auf die Karten gerichtet, die der Chevalier abzog. Endlich als der Chevalier die Karten gemischt hatte, abheben ließ und eben die Taille beginnen wollte, rief der Alte mit kreischendem Ton: ›Halt!‹ daß alle beinahe entsetzt sich umschauten. Da drängte sich der Alte durch bis dicht an den Chevalier hinan und sprach ihm mit dumpfer Stimme ins Ohr: ›Chevalier! mein Haus in der Straße St. Honoré nebst der ganzen Einrichtung und meiner Habe an Silber, Gold und Juwelen ist geschätzt auf achtzigtausend Franken, wollt Ihr den Satz halten?‹ ›Gut‹, erwiderte der Chevalier kalt, ohne sich umzusehen nach dem Alten, und begann die Taille.

›Die Dame‹, sprach der Alte und in dem nächsten Abzug hatte die Dame verloren! – Der Alte prallte zurück und lehnte sich an die Wand regungs- und bewegungslos, der starren Bildsäule ähnlich. Niemand kümmerte sich weiter um ihn.

Das Spiel war geendet, die Spieler verloren sich, der Chevalier packte mit seinen Croupiers das gewonnene Gold in die Kassette; da wankte wie ein Gespenst der alte Vertua aus dem Winkel hervor auf den Chevalier zu und sprach mit hohler dumpfer Stimme: ›Noch ein Wort, Chevalier! ein einziges Wort!‹

›Nun was gibt's?‹ erwiderte der Chevalier, indem er den Schlüssel abzog von der Kassette und dann den Alten verächtlich maß von Kopf bis zu Fuß.

›Mein ganzes Vermögen‹, fuhr der Alte fort, ›verlor ich an Eure Bank, Chevalier, nichts, nichts blieb mir übrig, ich weiß nicht, wo ich morgen mein Haupt hinlegen, wovon ich meinen Hunger stillen soll. Zu Euch, Chevalier, nehme ich meine Zuflucht. Borgt mir von der Summe, die Ihr von mir gewonnen, den zehnten Teil, damit ich mein Geschäft wieder beginne und mich emporschwinge aus der tiefsten Not.‹

›Wo denkt Ihr hin‹, erwiderte der Chevalier, ›wo denkt Ihr hin, Signor Vertua, wißt Ihr nicht, daß ein Bankier niemals Geld wegborgen darf von seinem Gewinst? Das läuft gegen die alte Regel, von der ich nicht abweiche.‹

›Ihr habt recht‹, sprach Vertua weiter, ›Ihr habt recht, Chevalier, meine Forderung war unsinnig – übertrieben! – den zehnten Teil! – nein! den zwanzigsten Teil borgt mir!‹ – ›Ich sage Euch ja‹, antwortete der Chevalier verdrießlich, ›daß ich von meinem Gewinst durchaus nichts verborge!‹

›Es ist wahr‹, sprach Vertua, indem sein Antlitz immer mehr erbleichte, immer stierer und starrer sein Blick wurde, ›es ist wahr, Ihr dürft nichts verborgen – ich tat es ja auch sonst nicht! – Aber dem Bettler gebt ein Almosen – gebt ihm von dem Reichtum, den Euch heute das blinde Glück zuwarf, hundert Louisdor.‹

›Nun in Wahrheit‹, fuhr der Chevalier zornig auf, ›Ihr versteht es, die Leute zu quälen, Signor Vertua! Ich sage Euch, nicht hundert, nicht funfzig – nicht zwanzig – nicht einen einzigen Louisdor erhaltet Ihr von mir. Rasend müßt ich sein, Euch auch nur im mindesten Vorschub zu leisten, damit Ihr Euer schändliches Gewerbe wieder von neuem beginnen könntet. Das Schicksal hat Euch niedergetreten in den Staub wie einen giftigen Wurm, und es wäre ruchlos, Euch wieder emporzurichten. Geht hin und verderbt, wie Ihr es verdient!‹

Beide Hände vors Gesicht gedrückt, sank mit einem dumpfen Seufzer Vertua zusammen. Der Chevalier befahl den Bedienten, die Kassette in den Wagen hinabzubringen und rief dann mit starker Stimme: ›Wann übergebt Ihr mir Euer Haus, Eure Effekten, Signor Vertua?‹

Da raffte sich Vertua auf vom Boden und sprach mit fester Stimme: ›Jetzt gleich – in diesem Augenblick, Chevalier! kommt mit mir!‹

›Gut‹, erwiderte der Chevalier, ›Ihr könnt mit mir fahren nach Eurem Hause, das Ihr dann am Morgen auf immer verlassen möget.‹

Den ganzen Weg über sprach keiner, weder Vertua noch der Chevalier, ein einziges Wort. – Vor dem Hause in der Straße St. Honoré angekommen, zog Vertua die Schelle. Ein altes Mütterchen öffnete und rief, als sie Vertua gewahrte: ›O Heiland der Welt, seid Ihr es endlich, Signor Vertua! Halb tot hat sich Angela geängstet Euerthalben!‹

›Schweige‹, erwiderte Vertua, ›gebe der Himmel, daß Angela die unglückliche Glocke nicht gehört hat! Sie soll nicht wissen, daß ich gekommen bin.‹

Und damit nahm er der ganz versteinerten Alten den

Leuchter mit den brennenden Kerzen aus der Hand und leuchtete dem Chevalier vorauf ins Zimmer.

›Ich bin‹, sprach Vertua, ›auf alles gefaßt. Ihr haßt, Ihr verachtet mich, Chevalier! Ihr verderbt mich, Euch und andern zur Lust, aber Ihr kennt mich nicht. Vernehmt denn, daß ich ehemals ein Spieler war wie Ihr, daß mir das launenhafte Glück ebenso günstig war als Euch, daß ich halb Europa durchreiste, überall verweilte, wo hohes Spiel, die Hoffnung großen Gewinstes mich anlockte, daß sich das Gold in meiner Bank unaufhörlich häufte wie in der Eurigen. Ich hatte ein schönes treues Weib, die ich vernachlässigte, die elend war mitten im glänzendsten Reichtum. Da begab es sich, daß, als ich einmal in Genua meine Bank aufgeschlagen, ein junger Römer sein ganzes reiches Erbe an meine Bank verspielte. So wie ich heute Euch, bat er mich, ihm Geld zu leihen, um wenigstens nach Rom zurückreisen zu können. Ich schlug es ihm mit Hohngelächter ab und er stieß mir in der wahnsinnigen Wut der Verzweiflung das Stilett, welches er bei sich trug, tief in die Brust. Mit Mühe gelang es den Ärzten, mich zu retten, aber mein Krankenlager war langwierig und schmerzhaft. Da pflegte mich mein Weib, tröstete mich, hielt mich aufrecht, wenn ich erliegen wollte der Qual, und mit der Genesung dämmerte ein Gefühl in mir auf und wurde mächtiger und mächtiger, das ich noch nie gekannt. Aller menschlichen Regung wird entfremdet der Spieler, so kam es, daß ich nicht wußte, was Liebe, treue Anhänglichkeit eines Weibes heißt. Tief in der Seele brannte es mir, was mein undankbares Herz gegen die Gattin verschuldet und welchem frevelichen Beginnen ich sie geopfert. Wie quälende Geister der Rache erschienen mir alle die, deren Lebensglück, deren ganze Existenz ich mit verruchter Gleichgültigkeit gemordet, und ich hörte ihre dumpfen heisern Grabesstimmen, die mir vorwarfen alle Schuld, alle Verbrechen, deren Keim ich gepflanzt! Nur mein Weib vermochte den namenlosen Jammer, das Entsetzen zu bannen, das mich dann erfaßte! – Ein Gelübde tat ich, nie mehr eine Karte zu berühren. Ich zog mich zurück, ich riß mich los von den Banden, die mich festhielten, ich widerstand den Lockungen meiner Croupiers, die mich und mein Glück nicht entbehren wollten. Ein kleines Landhaus bei Rom, das ich erstand, war der Ort, wohin ich, als ich vollkommen genesen, hinflüchtete mit meinem Weibe. Ach! nur ein einziges Jahr wurde mir eine Ruhe, ein Glück, eine Zufriedenheit zuteil, die ich nie geahnet! Mein Weib gebar mir eine Tochter, und starb wenige Wochen darauf. Ich war in Verzweiflung, ich klagte den Himmel an und verwünschte dann wieder mich selbst, mein verruchtes Leben, das die ewige Macht rächte, da sie mir mein Weib nahm, das mich vom Verderben gerettet, das einzige Wesen, das mir Trost gab und Hoffnung. Wie den Verbrecher, der das Grauen der Einsamkeit fürchtet, trieb es mich fort von meinem Landhause hieher nach Paris. Angela blühte auf, das holde Ebenbild ihrer Mutter, an ihr hing mein ganzes Herz, für sie ließ ich es mir angelegen sein, ein bedeutendes Vermögen nicht nur zu erhalten, sondern zu vermehren. Es ist wahr, ich lieh Geld aus auf hohe Zinsen, schändliche Verleumdung ist es aber, wenn man mich des betrügerischen Wuchers anklagt. Und wer sind diese Ankläger? Leichtsinnige Leute, die mich rastlos quälen, bis ich ihnen Geld borge, das sie wie ein Ding ohne Wert verprassen und dann außer sich geraten wollen, wenn ich das Geld, welches nicht mir, nein, meiner Tochter gehört, für deren Vermögensverwalter ich mich nur ansehe, mit unerbittlicher Strenge eintreibe. Nicht lange ist es her, als ich einen jungen Menschen der Schande, dem Verderben entriß, dadurch daß ich ihm eine bedeutende Summe vorstreckte. Nicht mit einer Silbe gedachte ich, da er, wie ich wußte, blutarm war, der Forderung, bis er eine sehr reiche Erbschaft gemacht. Da trat ich ihn an wegen der Schuld. – Glaubt Ihr wohl, Chevalier, daß der leichtsinnige Bösewicht, der mir seine Existenz zu verdanken hatte, die Schuld ableugnen wollte, daß er mich einen niederträchtigen Geizhals schalt, als er mir, durch die Gerichte dazu angehalten, die Schuld bezahlen mußte? – Ich könnte Euch mehr dergleichen Vorfälle erzählen, die mich hart gemacht haben und gefühllos da, wo mir der Leichtsinn, die Schlechtigkeit entgegentritt. Noch mehr! – ich könnte Euch sagen, daß ich schon manche bittere Träne trocknete, daß manches Gebet für mich und für meine Angela zum Himmel stieg, doch Ihr würdet das für falsche Prahlerei halten und ohnedem nichts darauf geben, da Ihr ein Spieler seid! – Ich glaubte, daß die ewige Macht gesühnt sei – es war nur Wahn! denn freigegeben wurd es dem Satan, mich zu verblenden auf entsetzlichere Weise als jemals. – Ich hörte von Euerm Glück, Chevalier! Jeden Tag vernahm ich, daß dieser, jener an Eurer Bank sich zum Bettler herabpontiert, da kam mir der Gedanke, daß ich bestimmt sei, mein Spielerglück, das mich noch niemals verlassen, gegen das Eure zu setzen, daß es in meine Hand gelegt sei, Eurem Treiben ein Ende zu machen, und dieser Gedanke, den nur ein seltsamer Wahnsinn erzeugen konnte, ließ mir fürder keine Ruhe, keine Rast. So geriet ich an Eure Bank, so verließ mich nicht eher meine entsetzliche Betörung, bis meine – meiner Angela Habe Euer war! – Es ist nun aus! – Ihr werdet doch erlauben, daß meine Tochter ihre Kleidungsstücke mit sich nehme?‹

›Die Garderobe Eurer Tochter‹, erwiderte der Chevalier, ›geht mich nichts an. Auch könnt Ihr Betten und notwendiges Hausgerät mitnehmen. Was soll ich mit dem Rumpelzeuge, doch seht Euch vor, daß nichts von einigem Wert mit unterlaufe, das mir zugefallen.‹

Der alte Vertua starrte den Chevalier ein paar Sekunden sprachlos an, dann aber stürzte ein Tränenstrom aus seinen Augen, ganz vernichtet, ganz Jammer und

Verzweiflung sank er nieder vor dem Chevalier und schrie mit aufgehobenen Händen: ›Chevalier, habt Ihr noch menschliches Gefühl in Eurer Brust – seid barmherzig – barmherzig! – Nicht mich, meine Tochter, meine Angela, das unschuldige Engelskind stürzt Ihr ins Verderben! – o seid gegen *diese* barmherzig, leiht *ihr, ihr,* meiner Angela, den zwanzigsten Teil ihres Vermögens, das Ihr geraubt! – O ich weiß es, Ihr laßt Euch erflehen – O Angela, meine Tochter!‹

Und damit schluchzte – jammerte – stöhnte der Alte und rief mit herzzerschneidendem Ton den Namen seines Kindes.

›Die abgeschmackte Theaterszene fängt an mich zu langweilen‹, sprach der Chevalier gleichgültig und verdrießlich, aber in demselben Augenblick sprang die Tür auf und hinein stürzte ein Mädchen im weißen Nachtgewande, mit aufgelösten Haaren, den Tod im Antlitz, stürzte hin auf den alten Vertua, hob ihn auf, faßte ihn in die Arme und rief: ›O mein Vater – mein Vater – ich hörte – ich weiß alles – Habt Ihr denn alles verloren? alles? – Habt Ihr nicht Eure Angela? Was bedarf es Geld und Gut, wird Angela Euch nicht nähren, pflegen? – O Vater, erniedriget Euch nicht länger vor diesem verächtlichen Unmenschen. – Nicht *wir* sind es, *er* ist es, der arm und elend bleibt im vollen schnöden Reichtum, denn verlassen in grauenvoller trostloser Einsamkeit steht er da, kein liebend Herz gibt es auf der weiten Erde, das sich anschmiegt an seine Brust, das sich ihm aufschließt, wenn er verzweifeln will an dem Leben, an sich selbst! – Kommt mein Vater – verlaßt dies Haus mit mir, kommt, eilen wir hinweg, damit der entsetzliche Mensch sich nicht weide an Eurem Jammer!‹

Vertua sank halb ohnmächtig in einen Lehnsessel, Angela kniete vor ihm nieder, faßte seine Hände, küßte, streichelte sie, zählte mit kindlicher Geschwätzigkeit alle die Talente, alle die Kenntnisse auf, die ihr zu Gebote standen und womit sie den Vater reichlich ernähren wolle, beschwor ihn unter heißen Tränen, doch nur ja allem Gram zu entsagen, da nun das Leben, wenn sie nicht zur Lust, nein, für ihren Vater sticke, nähe, singe, Gitarre spiele, erst rechten Wert für sie haben werde.

Wer, welcher verstockte Sünder hätte gleichgültig bleiben können bei dem Anblick der in voller Himmelsschönheit strahlenden Angela, wie sie mit süßer holder Stimme den alten Vater tröstete, wie aus dem tiefsten Herzen die reinste Liebe ausströmte und die kindlichste Tugend.

Noch anders ging es dem Chevalier. Eine ganze Hölle voll Qual und Gewissensangst wurde wach in seinem Innern. Angela erschien ihm der strafende Engel Gottes, vor dessen Glanz die Nebelschleier frevelicher Betörtheit dahinschwanden, so daß er mit Entsetzen sein elendvolles Ich in widriger Nacktheit erblickte.

Und mitten durch diese Hölle, deren Flammen in des Chevaliers Innerm wüteten, fuhr ein göttlich reiner Strahl, dessen Leuchten die süßeste Wonne war und die Seligkeit des Himmels, aber bei dem Leuchten dieses Strahls wurde nur entsetzlicher die namenlose Qual!

Der Chevalier hatte noch nie geliebt. Als er Angela erblickte, das war der Moment, in dem er von der heftigsten Leidenschaft und zugleich von dem vernichtenden Schmerz gänzlicher Hoffnungslosigkeit erfaßt werden sollte. Denn hoffen konnte der Mann wohl nicht, der dem reinen Himmelskinde, der holden Angela so erschien, wie der Chevalier.

Der Chevalier wollte sprechen, er vermochte es nicht, es war als lähme ein Krampf seine Zunge. Endlich nahm er sich mit Gewalt zusammen und stotterte mit bebender Stimme: ›Signor Vertua – hört mich! – Ich habe nichts von Euch gewonnen, gar nichts – da steht meine Kassette – die ist Euer – nein! – ich muß Euch noch mehr zahlen – ich bin Euer Schuldner – nehmt – nehmt –‹

›O meine Tochter‹, rief Vertua, aber Angela erhob sich, trat hin vor den Chevalier, strahlte ihn an mit stolzem Blick, sprach ernst und gefaßt: ›Chevalier, erfahrt, daß es Höheres gibt als Geld und Gut, Gesinnungen, die Euch fremd sind, die uns, indem sie unsere Seele mit dem Trost des Himmels erfüllen, Euer Geschenk, Eure Gnade mit Verachtung zurückweisen lassen! – Behaltet den Mammon, auf dem der Fluch lastet, der Euch verfolgt, den herzlosen verworfenen Spieler!‹

›Ja!‹ – rief der Chevalier ganz außer sich mit wildem Blick, mit entsetzlicher Stimme, ›ja verflucht – verflucht will ich sein, hinabgeschleudert in die tiefste Hölle, wenn jemals wieder diese Hand eine Karte berührt! – Und wenn Ihr mich dann von Euch stoßt, Angela! so seid Ihr es, die rettungsloses Verderben über mich bringt – o Ihr wißt nicht – Ihr versteht mich nicht – wahnsinnig müßt Ihr mich nennen – aber Ihr werdet es fühlen, alles wissen, wenn ich vor Euch liege mit zerschmettertem Gehirn – Angela! Tod oder Leben gilt es! – Lebt wohl!‹

Damit stürzte der Chevalier fort in voller Verzweiflung. Vertua durchblickte ihn ganz, er wußte, was in ihm vorgegangen, und suchte der holden Angela begreiflich zu machen, daß gewisse Verhältnisse eintreten könnten, die die Notwendigkeit herbeiführen müßten, des Chevaliers Geschenk anzunehmen. Angela entsetzte sich, den Vater zu verstehen. Sie sah nicht ein, wie es möglich sein könnte, dem Chevalier jemals anders als mit Verachtung zu begegnen. Das Verhängnis, welches sich oft aus der tiefsten Tiefe des menschlichen Herzens, ihm selbst unbewußt, gestaltet, ließ das nicht Gedachte, das nicht Geahndete geschehen.

Dem Chevalier war es, als sei er plötzlich aus einem fürchterlichen Traum erwacht, er erblickte sich nun am Rande des Höllenabgrundes und streckte vergebens die

Arme aus nach der glänzenden Lichtgestalt, die ihm erschienen, nicht ihn zu retten – nein! – ihn zu mahnen an seine Verdammnis.

Zum Erstaunen von ganz Paris verschwand die Bank des Chevalier Menars aus dem Spielhause, man sah ihn selbst nicht mehr und so kam es, daß sich die verschiedensten abenteuerlichsten Gerüchte verbreiteten, von denen eins lügenhafter war als das andere. Der Chevalier vermied alle Gesellschaft, seine Liebe sprach sich aus in dem tiefsten unverwindlichsten Gram. Da geschah es, daß ihm in den einsamen finstern Gängen des Gartens von Malmaison plötzlich der alte Vertua in den Weg trat mit seiner Tochter. –

Angela, welche geglaubt, den Chevalier nicht anders anblicken zu können, als mit Abscheu und Verachtung, fühlte sich auf seltsame Weise bewegt, als sie den Chevalier vor sich sah, totenbleich, ganz verstört, in scheuer Ehrfurcht kaum sich ermutigend, die Augen aufzuschlagen. Sie wußte recht gut, daß der Chevalier seit jener verhängnisvollen Nacht das Spiel ganz aufgegeben, daß er seine ganze Lebensweise geändert. *Sie,* sie allein hatte dies alles bewirkt, sie hatte den Chevalier gerettet aus dem Verderben, konnte etwas wohl mehr der Eitelkeit des Weibes schmeicheln?

So geschah es, daß, als Vertua mit dem Chevalier die gewöhnlichen Höflichkeitsbezeugungen gewechselt, Angela mit dem Ton des sanften wohltuenden Mitleids fragte: ›Was ist Euch, Chevalier Menars, Ihr seht krank, verstört aus? In Wahrheit, Ihr solltet Euch dem Arzt vertrauen.‹

Man kann denken, daß Angelas Worte den Chevalier mit tröstender Hoffnung durchstrahlten. In dem Moment war er nicht mehr derselbe. Er erhob sein Haupt, er vermochte jene aus dem tiefsten Gemüt hervorquellende Sprache zu sprechen, die ihm sonst alle Herzen erschloß. Vertua erinnerte ihn daran, das Haus, das er gewonnen, in Besitz zu nehmen.

›Ja‹, rief der Chevalier begeistert, ›ja Signor Vertua, das will ich! – Morgen komme ich zu Euch, aber erlaubt, daß wir über die Bedingungen uns recht sorglich beraten, und sollte das auch monatelang dauern.‹

›Mag das geschehen, Chevalier‹, erwiderte Vertua lächelnd, ›mich dünkt, es könnte mit der Zeit dabei allerlei zur Sprache kommen, woran wir zur Zeit noch nicht denken mögen.‹ – Es konnte nicht fehlen, daß der Chevalier im Innern getröstet, von neuem auflebte in aller Liebenswürdigkeit, wie sie ihm sonst eigen, ehe ihn die wirre, verderbliche Leidenschaft fortriß. Immer häufiger wurden seine Besuche bei dem alten Signor Vertua, immer geneigter wurde Angela dem, dessen rettender Schutzgeist sie gewesen, bis sie endlich glaubte, ihn recht mit ganzem Herzen zu lieben, und ihm ihre Hand zu geben versprach, zur großen Freude des alten Vertua, der nun erst die Sache wegen seiner Habe, die er an den Chevalier verloren, als völlig ausgeglichen ansah.

Angela, des Chevalier Menars glückliche Braut, saß eines Tages in allerlei Gedanken von Liebeswonne und Seligkeit, wie sie wohl Bräute zu haben pflegen, vertieft am Fenster. Da zog unter lustigem Trompetenschall ein Jägerregiment vorüber, bestimmt zum Feldzug nach Spanien. Angela betrachtete mit Teilnahme die Leute, die dem Tode geweiht waren in dem bösen Kriege, da schaute ein blutjunger Mensch, indem er das Pferd rasch zur Seite wandte, herauf zu Angela, und ohnmächtig sank sie zurück in den Sessel.

Ach niemand anders war der Jäger, der dem blutigen Tod entgegenzog, als der junge Duvernet, der Sohn des Nachbars, mit dem sie aufgewachsen, der beinahe täglich in dem Hause gewesen und der erst ausgeblieben, seitdem der Chevalier sich eingefunden.

In dem vorwurfsschweren Blick des Jünglings, der bittre Tod selbst lag in ihm, erkannte Angela nun erst, nicht allein wie unaussprechlich er sie geliebt – nein wie grenzenlos sie selbst ihn liebe, ohne sich dessen bewußt zu sein, nur betört, verblendet von dem Glanze, den der Chevalier immer mehr um sich verbreitet. Nun erst verstand sie des Jünglings bange Seufzer, seine stillen anspruchslosen Bewerbungen, nun erst verstand sie ihr eignes befangenes Herz, wußte sie, was ihre unruhige Brust bewegt, wenn Duvernet kam, wenn sie seine Stimme hörte.

›Es ist zu spät – er ist für mich verloren!‹ – so sprach es in Angelas Innerm. Sie hatte den Mut, das trostlose

Gefühl, das ihr Inneres zerreißen wollte, niederzu-kämpfen, und eben deshalb, weil sie den Mut dazu hatte, gelang es ihr auch.

Daß irgend etwas Verstörendes vorgegangen sein müsse, konnte desungeachtet dem Scharfblick des Chevaliers nicht entgehen, er dachte indessen zart genug, ein Geheimnis nicht zu enträtseln, das Angela ihm verbergen zu müssen glaubte, sondern begnügte sich damit, um jedem bedrohlichen Feinde alle Macht zu nehmen, die Hochzeit zu beschleunigen, deren Feier er mit feinem Takt, mit tiefem Sinn für Lage und Stimmung der holden Braut einzurichten wußte, so daß diese schon deshalb aufs neue die hohe Liebenswürdigkeit des Gatten anerkannte.

Der Chevalier betrug sich gegen Angela mit der Aufmerksamkeit für den kleinsten ihrer Wünsche, mit der ungeheuchelten Hochschätzung, wie sie aus der reinsten Liebe entspringt, und so mußte Duvernets Andenken in ihrer Seele bald ganz und gar erlöschen. Der erste Wolkenschatten, der in ihr helles Leben trat, war die Krankheit und der Tod des alten Vertua.

Seit jener Nacht, als er sein ganzes Vermögen an des Chevaliers Bank verlor, hatte er nicht wieder eine Karte berührt, aber in den letzten Augenblicken des Lebens schien das Spiel seine Seele zu erfüllen ganz und gar. Während der Priester, der gekommen, den Trost der Kirche ihm zu geben im Dahinscheiden, von geistlichen Dingen zu ihm sprach, lag er da mit geschlosse-

nen Augen, murmelte zwischen den Zähnen: – *perd* –
gagne – machte mit den im Todeskampf zitternden
Händen die Bewegungen des Taillierens, des Ziehens
der Karten. Vergebens beugte Angela, der Chevalier
sich über ihn her, rief ihn mit den zärtlichsten Namen,
er schien beide nicht mehr zu kennen, nicht mehr zu
gewahren. Mit dem innern Seufzer – *gagne* – gab er den
Geist auf.

In dem tiefsten Schmerz konnte sich Angela eines unheimlichen Grauens über die Art, wie der Alte dahin-
schied, nicht erwehren. Das Bild jener entsetzlichen
Nacht, in der sie den Chevalier zum erstenmal als den
abgehärtetsten, verruchtesten Spieler erblickte, trat
wieder lebhaft ihr vor Augen und der fürchterliche Gedanke in ihre Seele, daß der Chevalier die Maske des En-
gels abwerfen und in ursprünglicher Teufelsgestalt sie
verhöhnend, sein altes Leben wieder beginnen könne.

Nur zu wahr sollte bald Angelas schreckliche Ah-
nung werden.

Solche Schauer auch der Chevalier bei dem Dahinscheiden des alten Francesco Vertua, der den Trost der
Kirche verschmähend in der letzten Todesnot nicht ab-
lassen konnte von dem Gedanken an ein früheres sünd-
haftes Leben, solche Schauer er auch dabei empfand, so
war doch dadurch, selbst wußte er nicht wie das geschah, das Spiel lebhafter als jemals wieder ihm in den
Sinn gekommen, so daß er allnächtlich im Traume an
der Bank saß und neue Reichtümer aufhäufte.

In dem Grade, als Angela, von jenem Andenken, wie der Chevalier ihr sonst erschienen, erfaßt, befangener, als es ihr unmöglich wurde, jenes liebevolle zutrauliche Wesen, mit dem sie ihm sonst begegnet, beizubehalten, in eben dem Grade kam Mißtrauen in des Chevaliers Seele gegen Angela, deren Befangenheit er jenem Geheimnis zuschrieb, das einst Angelas Gemütsruhe verstörte und das ihm unenthüllt geblieben. Dies Mißtrauen gebar Mißbehagen und Unmut, den er ausließ in allerlei Äußerungen, die Angela verletzten. In seltsamer psychischer Wechselwirkung frischte sich in Angelas Innerm das Andenken auf an den unglücklichen Duvernet und mit ihm das trostlose Gefühl der auf ewig zerstörten Liebe, die, die schönste Blüte, aufgekeimt im jugendlichen Herzen. Immer höher stieg die Verstimmung der Ehegatten, bis es so weit kam, daß der Chevalier sein ganzes einfaches Leben langweilig, abgeschmackt fand und sich mit aller Gewalt hinaussehnte in die Welt.

Des Chevaliers Unstern fing an zu walten. Was inneres Mißbehagen, tiefer Unmut begannen, vollendete ein verruchter Mensch, der sonst Croupier an des Chevaliers Bank gewesen und der es durch allerlei arglistige Reden dahin brachte, daß der Chevalier sein Beginnen kindisch und lächerlich fand. Er konnte nicht begreifen, wie er eines Weibes halber eine Welt verlassen können, die ihm allein des Lebens wert schien.

Nicht lange dauerte es, so glänzte die reiche Goldbank des Chevalier Menars prächtiger als jemals. Das Glück hatte ihn nicht verlassen, Schlachtopfer auf Schlachtopfer fielen und Reichtümer wurden aufgehäuft. Aber zerstört, auf furchtbare Weise zerstört war Angelas Glück, das einem kurzen schönen Traum zu vergleichen. Der Chevalier behandelte sie mit Gleichgültigkeit, ja mit Verachtung! Oft sah sie ihn wochen-, monatelang gar nicht, ein alter Hausverweser besorgte die häuslichen Geschäfte, die Dienerschaft wechselte nach der Laune des Chevaliers, so daß Angela selbst im eignen Hause fremd nirgends Trost fand. Oft wenn sie in schlaflosen Nächten vernahm, wie des Chevaliers Wagen vor dem Hause hielt, wie die schwere Kassette heraufgeschleppt wurde, wie der Chevalier mit einsilbigen rauhen Worten um sich warf und dann die Türe des entfernten Zimmers klirrend zugeschlagen wurde, dann brach ein Strom bittrer Tränen aus ihren Augen, im tiefsten herzzerschneidendsten Jammer rief sie hundertmal den Namen Duvernet, flehte, daß die ewige Macht enden möge ihr elendes gramverstörtes Leben! –

Es geschah, daß ein Jüngling von gutem Hause sich, nachdem er sein ganzes Vermögen an der Bank des Chevaliers verloren, im Spielhause und zwar in demselben Zimmer, wo des Chevaliers Bank etabliert war, eine Kugel durch den Kopf jagte, so daß Blut und Hirn die Spieler bespritzte, die entsetzt auseinanderfuhren. Nur der Chevalier blieb gleichgültig und fragte, als

alles sich entfernen wollte, ob es Regel und Sitte wäre eines Narren halber, der keine Konduite im Spiel besessen, die Bank vor der bestimmten Stunde zu verlassen.

Der Vorfall machte großes Aufsehn. Die versuchtesten abgehärtetsten Spieler waren indigniert von des Chevaliers beispiellosem Betragen. Alles regte sich wider ihn. Die Polizei hob die Bank des Chevaliers auf. Man beschuldigte ihn überdem des falschen Spiels, sein unerhörtes Glück sprach für die Wahrheit der Anklage. Er konnte sich nicht reinigen, die Geldstrafe, die er erlegen mußte, raubte ihm einen bedeutenden Teil seines Reichtums. Er sah sich beschimpft, verachtet – da kehrte er zurück in die Arme seines Weibes, die er mißhandelt und die ihn, den Reuigen, gern aufnahm, da das Andenken an den Vater, der auch noch zurückkam von dem wirren Spielerleben, ihr einen Schimmer von Hoffnung aufdämmern ließ, daß des Chevaliers Änderung nun, da er älter worden, wirklich von Bestand sein könne.

Der Chevalier verließ mit seiner Gattin Paris und begab sich nach Genua, Angelas Geburtsort.

Hier lebte der Chevalier in der ersten Zeit ziemlich zurückgezogen. Vergebens blieb es aber, jenes Verhältnis der ruhigen Häuslichkeit mit Angela, das sein böser Dämon zerstört hatte, wieder herzustellen. Nicht lange dauerte es, so erwachte sein innerer Unmut und trieb ihn fort aus dem Hause in rastloser Unstetigkeit. Sein böser Ruf war ihm gefolgt von Paris nach Genua, er durfte es gar nicht wagen, eine Bank zu etablieren, ungeachtet es ihn dazu hintrieb mit unwiderstehlicher Gewalt. –

Zu der Zeit hielt ein französischer Obrister, durch bedeutende Wunden zum Kriegsdienst untauglich geworden, die reichste Bank in Genua. Mit Neid und tiefem Haß im Herzen trat der Chevalier an diese Bank, gedenkend, daß sein gewohntes Glück ihm bald beistehen werde, den Nebenbuhler zu verderben. Der Obrist rief dem Chevalier mit einem lustigen Humor, der ihm sonst gar nicht eigen, zu, daß nun erst das Spiel was wert, da der Chevalier Menars mit seinem Glück hinangetreten, denn jetzt gelte es den Kampf, der allein das Spiel interessant mache.

In der Tat schlugen dem Chevalier in den ersten Taillen die Karten zu wie sonst. Als er aber vertrauend auf sein unbezwingbares Glück endlich: ›*Va banque*‹ rief, hatte er mit einem Schlage eine bedeutende Summe verloren.

Der Obrist, sonst sich im Glück und Unglück gleich, strich das Geld ein mit allen lebhaften Zeichen der äußersten Freude. Von diesem Augenblick an hatte sich das Glück von dem Chevalier abgewendet ganz und gar.

Er spielte jede Nacht, verlor jede Nacht, bis seine Habe geschmolzen war auf die Summe von ein paar tausend Dukaten, die er noch in Papieren bewahrte.

Den ganzen Tag war der Chevalier umhergelaufen,

hatte jene Papiere in bares Geld umgesetzt und kam erst am späten Abend nach Hause. Mit Einbruch der Nacht wollte er, die letzten Goldstücke in der Tasche, fort, da trat ihm Angela, welche wohl ahnte was vorging, in den Weg, warf sich, indem ein Tränenstrom aus ihren Augen stürzte, ihm zu Füßen, beschwor ihn bei der Jungfrau und allen Heiligen abzulassen von bösem Beginnen, sie nicht in Not und Elend zu stürzen.

Der Chevalier hob sie auf, drückte sie mit schmerzlicher Inbrunst an seine Brust und sprach mit dumpfer Stimme: ›Angela, meine süße liebe Angela! es ist nun einmal nicht anders, ich muß tun, was ich nicht zu lassen vermag. Aber morgen – morgen ist all deine Sorge aus, denn bei dem ewigen Verhängnis, das über uns waltet, schwör ich's, ich spiele heut zum letztenmal! – Sei ruhig, mein holdes Kind – schlafe – träume von glückseligen Tagen, von einem bessern Leben, dem du entgegengehst, das wird mir Glück bringen!‹

Damit küßte der Chevalier sein Weib und rannte unaufhaltsam von dannen.

Zwei Taillen und der Chevalier hatte alles – alles verloren!

Regungslos blieb er stehen neben dem Obristen und starrte in dumpfer Sinnlosigkeit hin auf den Spieltisch.

›Ihr pontiert nicht mehr, Chevalier?‹ sprach der Obrist, indem er die Karten melierte zur neuen Taille. ›Ich habe alles verloren‹, erwiderte der Chevalier mit gewaltsam erzwungener Ruhe.

›Habt Ihr denn gar nichts mehr?‹ fragte der Obrist bei der nächsten Taille.

›Ich bin ein Bettler!‹ rief der Chevalier mit vor Wut und Schmerz zitternder Stimme, immerfort hinstarrend auf den Spieltisch und nicht bemerkend, daß die Spieler immer mehr Vorteil ersiegten über den Bankier.

Der Obrist spielte ruhig weiter.

›Ihr habt ja aber ein schönes Weib‹, sprach der Obrist leise, ohne den Chevalier anzusehen, die Karten melierend zur folgenden Taille.

›Was wollt Ihr damit sagen?‹ fuhr der Chevalier zornig heraus. Der Obrist zog ab, ohne dem Chevalier zu antworten.

›Zehntausend Dukaten oder – Angela‹, sprach der Obrist halb umgewendet, indem er die Karten kupieren ließ.

›Ihr seid rasend!‹ rief der Chevalier, der nun aber, mehr zu sich selbst gekommen, zu gewahren begann, daß der Obrist fortwährend verlor und verlor.

›Zwanzigtausend Dukaten gegen Angela‹, sprach der Obrist leise, indem er mit dem Melieren der Karten einen Augenblick innehielt.

Der Chevalier schwieg, der Obrist spielte weiter und beinahe alle Karten schlugen den Spielern zu.

›Es gilt‹, sprach der Chevalier dem Obristen ins Ohr, als die neue Taille begann und schob die Dame auf den Spieltisch. – Im nächsten Abzug hatte die Dame verloren.

Zähneknirschend zog sich der Chevalier zurück und lehnte Verzweiflung und Tod im bleichen Antlitz sich ins Fenster.

Das Spiel war geendet, mit einem höhnischen: ›Nun wie wird's weiter?‹ trat der Obrist hin vor den Chevalier.

›Ha‹, rief der Chevalier, ganz außer sich, ›Ihr habt mich zum Bettler gemacht, aber wahnsinnig müßt Ihr sein, Euch einzubilden, daß Ihr mein Weib gewinnen konntet. Sind wir auf den Inseln, ist mein Weib eine Sklavin, schnöder Willkür des verruchten Mannes preisgegeben, daß er sie zu verhandeln, zu verspielen vermag? Aber es ist wahr, zwanzigtausend Dukaten mußtet Ihr zahlen, wenn die Dame gewann, und so habe ich das Recht jedes Einspruchs verspielt, wenn mein Weib mich verlassen und Euch folgen will. – Kommt mit mir und verzweifelt, wenn mein Weib mit Abscheu den zurückstößt, dem sie folgen soll als ehrlose Mätresse!‹

›Verzweifelt selbst‹, erwiderte der Obrist hohnlachend, ›verzweifelt selbst, Chevalier, wenn Angela Euch – Euch, den verruchten Sünder, der sie elend machte, verabscheuen und mit Wonne und Entzücken mir in die Arme stürzen wird – verzweifelt selbst, wenn Ihr erfahrt, daß der Segen der Kirche uns verbunden, daß das Glück unsere schönsten Wünsche krönt! – Ihr nennt mich wahnsinnig! – Ho ho! nur das Recht des Einspruchs wollt ich gewinnen, Euer Weib war mir gewiß!

– Ho ho, Chevalier, vernehmt, daß *mich* mich Euer Weib, ich weiß es, unaussprechlich liebt – vernehmt, daß ich jener Duvernet bin, des Nachbars Sohn, mit Angela erzogen, in heißer Liebe mit ihr verbunden, den Ihr mit Euern Teufelskünsten vertrieben! – Ach! erst als ich fort mußte in den Krieg, erkannte Angela, was ich ihr war, ich weiß alles. Es war zu spät! – Der finstre Geist gab mir ein, im Spiel könnte ich Euch verderben, deshalb ergab ich mich dem Spiel – folgte Euch nach Genua – es ist mir gelungen! – Fort nun zu Euerm Weibe!‹ –

Vernichtet stand der Chevalier, von tausend glühenden Blitzen getroffen. Offen lag vor ihm jenes verhängnisvolle Geheimnis, nun erst sah er das volle Maß des Unglücks ein, das er über die arme Angela gebracht.

›Angela, mein Weib, mag entscheiden‹, sprach er mit dumpfer Stimme und folgte dem Obristen, welcher fortstürmte.

Als ins Haus gekommen der Obrist die Klinke von Angelas Zimmer erfaßte, drängte der Chevalier ihn zurück und sprach: ›Mein Weib schläft, wollt Ihr sie aufstören aus süßem Schlafe?‹ – ›Hm‹, erwiderte der Obrist, ›hat Angela wohl jemals gelegen in süßem Schlaf, seit ihr von Euch namenloses Elend bereitet wurde?‹

Der Obrist wollte ins Zimmer, da stürzte der Chevalier ihm zu Füßen, und schrie in heller Verzweiflung: ›Seid barmherzig! – Laßt mir, den Ihr zum Bettler gemacht, laßt mir mein Weib!‹

›So lag der alte Vertua vor Euch, dem gefühllosen Bösewicht, und vermochte Euer steinhartes Herz nicht zu erweichen, dafür die Rache des Himmels über Euch!‹

So sprach der Obrist und schritt aufs neue nach Angelas Zimmer!

Der Chevalier sprang nach der Tür, riß sie auf, stürzte hin zu dem Bette, in dem die Gattin lag, zog die Vorhänge auseinander, rief: ›Angela, Angela!‹ – beugte sich hin über sie, faßte ihre Hand – bebte wie im plötzlichen Todeskrampf zusammen, rief dann mit fürchterlicher Stimme: ›Schaut hin! – den Leichnam meines Weibes habt Ihr gewonnen!‹

Entsetzt trat der Obrist an das Bette – keine Spur des Lebens – Angela war tot – tot.

Da ballte der Obrist die Faust gen Himmel, heulte dumpf auf, stürzte fort. – Man hat nie mehr etwas von ihm vernommen!«

So hatte der Fremde geendet und verließ nun schnell die Bank, ehe der tief erschütterte Baron etwas zu sagen vermochte.

Wenige Tage darauf fand man den Fremden vom Nervenschlag getroffen in seinem Zimmer. Er blieb sprachlos bis zu seinem Tode, der nach wenigen Stunden erfolgte, seine Papiere zeigten, daß er, der sich Baudasson schlechthin nannte, niemand anders gewesen als eben jener unglückliche Chevalier Menars.

Der Baron erkannte die Warnung des Himmels, der ihm, als er eben sich dem Abgrund näherte, den Chevalier Menars in den Weg führte zu seiner Rettung, und gelobte, allen Verlockungen des täuschenden Spielerglücks zu widerstehen.

Bis jetzt hat er getreulich Wort gehalten.

Zu dieser Ausgabe

E. T. A. Hoffmann, Spielerglück

Der Text folgt der Ausgabe: E. T. A. Hoffmann, Die Serapions-Brüder. Gesammelte Erzählungen und Märchen in vier Bänden. Dritter Band. Insel Verlag Frankfurt am Main 1983.

Monika Wurmdobler hat für die vorliegende Ausgabe die Illustrationen angefertigt.